KB157858

한국 희곡 명작선 38

아인슈타인의 별

한국 희곡 명작선 38

아인슈타인의 별

김민정

평민사

김민정

세상에서 가장 이해하기 어려운 말은,
이 세상을 이해할 수 있다는 말이다.

— 아인슈타인

아인슈타인의 · 별

등장인물

남편, 아내, 보스
준호, 윤희, 지훈, 규식
의사, 여자
진석, 명수
수사관, 반장, 노인

※ 배우는 1인 다역을 할 수 있다.

무대

한 개 혹은 여러 개의 테이블과 의자들이 놓여 있다.
장면에 따라 배치를 달리하되, 하나의 책상은 교집합처럼 전 장면의 배치를 유지한 채로 변화를 준다.

프롤로그

깊은 밤의 공원, 어느 한적한 벤치. 하늘을 바라보고 앉아 있는 늙은 노인의 뒷모습이 보인다.
노인의 옆자리에는 먹다 남은 빵조각과 쓰러진 물병이 뒹군다.

노인   하늘이 희뿌연 게…… 별도 잘 안보이네. (혼잣말을 중얼거린다) 우리 별에선 안 그랬어. 아주 잘 보였지. 눈에 닿을 듯 가까웠다니까…… 정말이라니까 그러네. (일어서서 두 눈을 감고 하늘을 향해 두 팔을 벌린다. 아주 느릿한 동작이다) 별이 없는 밤이라도 이렇게 팔을 벌리면 느껴진다네.
아득하고…… 끝도 없는 저 우주의 깊이를 말일세. 내가 여기 서서 저 아득한 우주를 바라본다는 거, 이 엄청난 우연은…… 기적이야. (누군가 옆에 있다는 듯이 옆을 돌아보며) 한번 올려다 봐. 그럼 알게 될 걸세. 우리가 가진 이 시간이 얼마나 미미한 것인지…… 때론 무섭다는 생각이 들어.
(지친 듯 벤치에 앉는 노인, 중얼거리기를 계속한다) 하늘이 희뿌연 게…… 별이 잘 안 보여…… 우리 별에선 안 그랬지. 아주 잘 보였어. 저 먼 우주가 눈에 닿을 듯 가까웠다니까…… 아, 정말이야!.

어둠이 서서히 내려앉아 노인의 모습을 그림자로 만든다.

1

토요일 오후[1]

어느 토요일 오후, 깔끔한 옷차림의 남편이 의자에 앉아 두꺼운 책을 보고 있다. 하늘거리는 원피스 차림에 병색이 짙은 아내가 손에 커피 두 잔을 들고 다가온다. 안락해 보이는 의자와 작은 티 테이블.

아내　뭐 읽어요?

남편　별거 아냐…….

아내　별거 아닌 게 뭔데?

남편　(책에서 눈을 떼고 그제야 아내를 바라본다) 나한테 무슨 불만 있어?

아내　관심이 왜 불만으로 튀지? 지나친 비약인데요.

남편　(아내의 눈을 응시한다) 하고 싶은 말이 뭐야?

사이.

아내가 찻잔을 들고 맞은 편 의자에 앉는다.

---

[1] 강신주의 '감정수업' P.409 이언 매큐언 [토요일]이란 소설의 줄거리가 모티브가 되었음.

아내　　하고 싶은 말? 그건 나보다 당신이 있을 거 같은데.

남편　　뭐야? 취조하는 것처럼.

아내　　없으면 말고. (남편에게 커피를 건넨다) (자신의 커피 향을 맡으며)…… 향기가 좋네. 향…… 이 향기라는 건 뭔가를 가리는 것 같아. 진실이랄까…… 계략이랄까…… 뭐 이런 거…… (별 반응 없는 남편을 의식하고) 여기에 약을 타도 향기가 같을까?

남편　　여기에 약 탔어?

아내　　(희미하게 웃는다) 그럴 걸.

남편　　(커피를 마시며) 당신, 오늘 이상하네.

아내　　내가?

남편　　아니다. 당신은 늘 이상했어…… (커피를 한 모금 더 마시고) 이건 그냥 커피일 뿐이야. 열대우림에서 자란 콩을 볶은 거라고…… 향기? 아무리 예찬해도 그건 결국 탄내에 불과해.

아내　　탄내?…… 탄 내라고?

남편　　탄내가 불쾌하면 볶은 냄새, 로스팅? 그게 그거 아닌가?…… 괜히 폼 잡는 거야.

아내　　(들고 있던 잔을 던져 깨뜨린다) 당신은 역겨워!

사이.

남편　　(개의치 않고 냉소적으로) 약은 먹고 있는 거야?

아내	(웃음) 늘 이런 식이지. 환자 취급, 날 환자 취급하면서 우월감을 뽐내는 꼴이라니…… 당신은 그러려고 의사가 됐지?
남편	왜들 환자 취급을 못 마땅해 하는 거지? 난 보호하려고 하는 거야. 당신 남편으로서. 그리고 의사로서. 당신은 제때 약을 먹지 않으면 극도로 예민해진다고. 헛소리나 지껄여대고. 하지만 내가 처방한 약을 먹으면,
아내	당신의 순한 양이 되지.
남편	당연하지. 난 최고니까. (걸어가 약을 꺼내와 아내 앞에 물과 함께 놓는다) 약을 먹어! 당신 지금 위태로워 보여.
아내	뭘 바래? 내 어떤 끝을 바라냐고?
남편	난 늘 그렇듯 당신을 사랑해! (거부할 수 없는 눈빛을 보낸다)
아내	…… 사랑해!

아내, 약을 입에 넣고 물을 마신다.

| 남편 | (명랑해진 톤으로) 어제 밤늦게 말이야. 근무를 마치고 마트에 들렀어. 집에 와인이 떨어진 게 생각이 나서. 밀려드는 환자들에 정신없는 하루였거든. 어디서 알고들 왔는지, 들어와 진료를 끝내면 다시 들어오는 환자, 환자…… 모두들 다 죽어가는 표정으로 제발 나 좀 살게 해주세요. 하면서 서글픈 표정을 해대지. 환자들이란…… 대개는 다 마음이 너덜너덜해져 있으니까. |

아내	그 사람들은 당신 앞에 아니, 병원에 오기 전부터도 환자인가?
남편	아, 그건 아니지. 병원 문을 들어서야 그때부터 환자지.
아내	병원에 오기 전에 그들은 사람이었어. 그냥 사람. 당신도 의사복을 입기 전까지는 그냥 보통 사람일 뿐이고.
남편	글쎄. 그들은 병원에 오기 전에는 아픈 사람. 그리고 난 가운을 벗어도 의사. 의사 가운은 다른 제복과는 차이가 난다고.
아내	하지만 나에겐…… 난 당신이 날 환자 취급하는 게 싫어.
남편	그게 뭐가 중요해? 난 당신을 돕고 있어.
아내	(약 때문에 목소리가 한결 어눌해졌다) 난 중요해! 시도 때도 없는 당신 의사 놀이에 신물이 나는 나한테는 중요하지.
남편	놀이는 원래 재밌는 거 아닌가?
아내	네…… 네. 그렇지요. 네.

사이.
뭔가 느려진 듯한 아내, 아내의 뒤로 돌아 어깨를 감싸 쥐고 토닥이는 남편.

| 남편 | 아무튼 퇴근을 하면서 마트에 들렀는데, 금요일 밤인데도 사람이 많지가 않더라고. 주차장에도 사람들이 안 보였지. 그때였어. 내가 장본 걸 차에 싣는데, 정확히는 와인 2병하고 오렌지하고 치즈. 등 뒤에서 뭔가 차가운 쇳 |

덩이가 느껴지는 거야. 속으로 긴장했지. 칼인가? 그리고는 어눌한 목소리가 들려왔어. '어이, 형씨'하는 소리…… 강도였어. 그것도 여러 명. 그 중에 한 놈이었지. 그 어눌한 목소리의 주인공. 그놈이 보스였던 가봐.

보스   어이, 형씨!…… 죽고 싶지 않으면 지갑을 내 놔.

남편   아마 그 보스란 녀석이 하고 싶던 말이 그거였나 봐. 실제로는 아주 엉성했지.

보스   (엉성하고 어눌한 발음으로) 어이, 혀엉…… 시씨…… 주고 신지 아으면 지가블 너 와!

남편   그 소리를 듣자 어제 진료실에서 진료한 환자가 떠올랐어. 대뇌 위축 증후군을 앓고 있는 고등학교 선생. 내가 언젠가 말했을 거야. 헌팅턴 병이라고도 하지…… 그 병에 걸린다는 건 천벌을 받은 것이나 같아.

보스   지가블 너 와!

남편   언제부터지? 말이 어눌해지고, 똑바로 걷지도 못 하게 된 거.

보스   무어라고요?

남편   난 의사요. 당신 헌팅턴 병입니다. 대뇌위축증후군. 끔찍한 불치병이죠. 대뇌란 우린 몸에서 가장 중요한 컴퓨터 같은 곳인데…… 거기가 점점 쪼그라드는 겁니다. 호두 알만큼 쪼그라들면 그땐 소변도 스스로 볼 수 없고, 아무리 기가 막히게 예쁜 여자가 눈앞에 벗고 서 있어도 발기가 안 되죠.

보스　(무릎이 꺾인다) 선… 새엔 이음.

남편　이 시점에서의 강도짓은 이롭지 않은 것 같은데…… 경찰에 쫓기고 만약 구속이라도 되면 그나마 약물로 병의 증세를 늦출 수 있는 시간마저 빼앗기니까. 구제 불능이지. 지갑이 중요한 게 아니라고. (품에서 명함을 꺼낸다) 난 의사요. 그것도 뇌종양을 전문으로 치료하는 신경외과 의사,

충격에 빠진 모습으로 명함을 집어 드는 보스.

남편　멍청하게 얼이 빠져 있는 그놈을 뒤로 하고 난 유유히 주차장을 빠져 나왔지…… 재밌지 않아? 한 순간에 역전된 거야. 강도와 피해자의 관계가 환자와 의사의 관계로. 난 희열을 느꼈어.

아내　오…… 만…… 한…….

남편　졸리면 자두라고. 당신이 헌팅턴 병이 아닌 게 얼마나 다행이야. 그저 예민해진 신경을 진정시키면 돼. 당신은 그 불면증이 문제니까…… (신이 나서) 어쨌든 그 주차장에서 난 내 목숨과 지갑을 지켰고, 그 강도 녀석에게는 제대로 경고를 했지. 그 과정에서 내 의학적 지식을 아주 조금 사적으로 이용했을 뿐. 난 아주 도덕적이었어. 생명에 관한 한…… 내가 메스를 들고 있는 한 난 강자야. 아니 메스까지 들 필요도 없지. 간단한 진단만으로도

굴복시킬 수 있어. 결국 더 많은 지식을 가지고 있는 사람이 우위에 서는 거지…… (웃으며) 그 녀석 주먹을 당신이 봤어야 했는데……, 정말 컸어. 권투나 이종격투기 선수들도 울고 갈 주먹이었다니까…… 아무리 큰 주먹을 가졌어도 (자신의 손을 펴며) 이 가느다란 외과의사의 손앞에선 무릎을 꿇고 마는 거야.

자신을 향한 뿌듯함에 미소를 띠는 남편.

아내 (쏟아지는 잠을 쫓으며) 잘났어. 정말.

남편 오늘은 약효가 늦네.

아내 난 가끔 당신 환자들이 불쌍해.

남편 그 사람들은 운이 좋은 거야. 자기들도 그렇게 말해. 명의를 만나 행운이라고. 그러니 지방에서부터 올라와 줄을 서는 거고.

아내 이렇게 냉혈한인 줄은 모를 테지.

남편 환자가 다 알 필요는 없지.

아내 재수 없어.

남편 커피…… 끊어. 약효를 더디게 한다고. 당신한테 매우 해로워. 신경과민증 환자가 커피라니…….

아내가 의자에서 일어나 침실을 향하여 걸어간다.

남편　　잘 생각했어. 한숨 자두라고. (잔에 남은 커피를 여유롭게 마시며) 자고 일어나면 당신은 순한 양이 되어 날 추종하게 될 테니까.

노크 소리가 들린다.

남편　　누구지? 이 평화로운 토요일 오후에…….

남편, 가볍게 문으로 다가간다.
불쑥 들어오는 남자, 보스다.

남편　　아니, 당신!
보스　　어이, 혀어엉씨!

보스가 가져온 품에서 칼을 빼내 든다. 경계하며 물러서는 남편.

남편　　이 봐 무슨 짓을 하려는 거야?…… 난 의사야…… 의사.
보스　　(어눌하게) 내게는 재수 없는 똘마니 새끼일 뿐이야. 니가 감히 나를 무시해? 내 부하들 앞에서 나를…… 다시 말해봐. 다시! 오줌을 지리고 발기 부전이 된다고?
남편　　여보? 어서 신고해! 여보!

아내, 기척이 없다.

보스   (남편의 멱살을 잡고) 나같이 무식한 놈에게도 자존심이란
게 있다 새끼야. 니가 그걸 밟아 뭉갰어…… 내일 내가
오줌을 지리고, 침을 질질 흘려대는 바보가 된다고 해
도…… 그걸 통보하는 건…… 적어도 나를…… 환자를
걱정해 주는 의사에게 들을 말이지…… 너 같은 쓰레기
에게 들을 말이 아니야.

남편   이봐. 정신 차려…… 당신 병 때문에 지금 흥분한 모양
인데, 치료할 수 있다고. 내가 치료할 수 있어.

보스, 거침없이 다가와 남편을 찌른다.

남편   (경악하며) 이봐. 넌 지금 사람을 찌르고 있어…… 그것도
의사를. 너를 치료할 의사를 말이야.

보스   (비웃으며) 의사의 피도 빨갛군…… 내 피처럼…… 앞으론
입 함부로 놀리지 마. 앞으로가 있다면…….

남편의 배에 깊숙한 한 방을 더 찌르고 돌아서는 보스.

보스   죽진 않을 거다. 아마 반병신이 되겠지…… 의사로서 살
수 있을지…… 글쎄…… 휠체어 탄 의사가 수술을 할 수
있나?

문을 닫고 사라지는 보스.

몸이 허물어지듯 바닥에 쓰러지는 남편.

아내가 침실 문을 살며시 열고 들어온다.

아내　　당신이 이기는 걸 보고 싶었는데……, 아쉽네.

남편　　어떻게…… 어떻게 알았을까? 우리 집을.

아내　　당신이 명함을 줬잖아. 잘난 척 으스대면서!

남편　　명함엔 집 주소가 없잖아.

아내　　조폭이라며 그거 알아내는 게 뭐 그리 어려울까?…… (남편을 안아 일으키며) 피가 많이 나요. 지혈을 해야겠어. 걱정 말아요. 내가 간호사 출신인 건 알죠?

남편　　119를 불러. 응급실로 가야 해.

아내　　걱정 말아요. 내가 그것도 생각 못했을까봐. 119는 곧 도착할 거예요.

남편　　여…… 보?…… 그런데 당신 어떻게…… 깨어났지? 안정제를 먹고 잠들었었잖아…… 좀 전에 그 소란에도 꿈쩍 안 하더니?

아내　　혀 밑에 넣어뒀어요…… 당신이 어떻게 이기는지 보고 싶었거든.

남편　　뭐라고?

아내　　약을 혀 밑에 넣어뒀다고.

남편　　당신!

아내　　환자는 의사 앞에 미약한 존재지. 마치 고양이 앞에 쥐꼴이라니까. 특히 당신 같이 차갑고 유능한 의사 앞에서

는…… 내가 늘 그랬잖아요…… 그런데 여보 그거 알아
요? (남편의 몸에 붕대를 감으며, 일부러 억센 손길로 감는다) 우리
관계에 변화가 좀 생겼어요. 이제 당신이 환자예요……
(의미심장하게) 난 당신의 간병인이면서…… 보호자…….

남편 여보!

아내 (부드럽게) 네…… 여보!

아내가 남편을 서늘하게 노려본다.
119 앰뷸런스 소리가 요란하게 들려온다.

2

아인슈타인의 별.

친구 넷이 테이블을 하나 가운데 두고 앉아있다. 흔한 술집의 네모
난 탁자. 둘러싼 의자들…… 그리고 네 명의 친구. 셋은 남자고 나
머지 한 명은 여자다. 그들은 이미 거나하게 취했다. 적당히 비틀거
리고, 적당히 발음이 꼬였다.

준호   웜홀 말이야. 웜홀. 세상의 모든 걸 빨아들인다는 블랙홀
과 반대로 모든 걸 뱉어낸다는 화이트 홀. 그 사이의 연
결 통로가 바로 웜홀이야. 사이지. 사이. 혹은 틈. 영원한
우주 속을 떠돌다 지구라는 이 별로 돌아올 수 있는 구
멍 말이야. 단어도 얼마나 따뜻하냐? 웜홀. 따뜻한 구멍!

지훈   야…… 하다.

지훈의 뒤통수를 탁 때리는 규식.

규식   새끼, 새파랗게 어린놈이!
지훈   뭐야?…… 내가 왜 어려?
규식   준호 2월, 나 5월, 지훈이 너 11월…… 생일 말야. 생일!
지훈   새끼는…… 떨어지게. 구멍이라잖아. 구멍! 거기가 따뜻

하대. 그게 안 야해?

규식, 지훈의 뒤통수를 다시 딱 때린다.

규식 야, 조용해. 우리 교수님 강의하시잖아. 우주! 블랙홀, 화이트홀! 응? 알아먹어?

지훈 뭘 벌써 교수님이래? 얘는 그냥 시간 강사! 천문대 시간 강사.

규식 (지훈의 머리를 딱 때리며) 으이씨. 머지않아 교수님 되실 거니까. 응?

지훈 (버럭 일어났다가) 으이…… 술김이니까 참는다. 그 머지않아가 얼마나 먼 얘긴지 니가 알어? 어?

준호 웜홀!

윤희 그래, 웜홀 얘기 더 해 봐. 한참 재밌는데…… 준호야! 웜홀! 웜홀이 왜?

지훈 아…… 암만 들어도 야해!

규식 야!

투닥거리는 지훈과 규식.

윤희 (준호에게 얼굴을 들이대며) 얘기해봐. 웜홀이 뭐 어쨌는데?

준호 웜홀…… 있었으면 좋겠다.

윤희 뭐라고?

준호 있었으면 좋겠어.

윤희 쳇! 너 취했구나.

준호 웜홀이라는 게 원래 가상의 개념이거든. 실제로 존재하
는지 안 하는지는 아무도 몰라.

지훈 야, 블랙홀은 있대. 봤대.

규식 봤대?…… 누가 봤대?

지훈 아, 새끼 무식하기는. 그건 오래된…… 아주 오래전부터
발견된 건데…… 있으니까 발견되지. 없는 게 발견되냐?

규식 아이고, 그랬어요?…… 마셔 마셔!

사이.

술잔을 들이키는 규식, 친구들에게도 권한다.

윤희 그럼, 화이트홀은?

준호 화이트홀은……, 화이트홀하고 웜홀은 있을 거라는 가
정이야. 블랙홀이 있으니까 화이트홀도 있을 거다. 일종
의 상대성의 원리인 거지.

지훈, 규식 오~~ 호! 상대성의 원리! 오예! 우린 영원한 덤 앤 더머!

유쾌한 듯 일어나 서로의 엉덩이를 부딪치는 지훈과 규식.

윤희 으휴,…… 니들은 어떻게 나이 들어도 변하지를 않냐?

사이.

준호   변하지 마라. 사람 변하면 죽는다.

규식   새끼는 죽는다는 소리는…… 그런 소리 하는 거 아니야 임마!

사이.
술잔을 들이키는 친구들.

준호   웜홀이 있다면 시간여행도 가능한 거거든.

윤희   시간여행?

지훈   아하! 타임머신!

규식   야, 야, 그게 가능하다면 왜 여태 상품화를 못했는데…… 그거 팔면 엄청 떼부자 될 텐데 말이야. 시간여행 천오 백만 원! (호탕하게 웃으며) 그런 건 영화에서도 이제 고전 이야. 타임머신, 백투더 퓨처! 터미네이터! 응?

준호   개발됐어.

윤희   개발이 됐다고?

준호   이론상으로!

준호, 가방에서 흰 종이 한 장을 꺼낸다.

준호   자, 이 흰 종이를 우주 공간이라고 치자.

세 친구, 준호의 종이를 일제히 바라본다.

사뭇 진지해서 우스꽝스럽다.

준호   지훈이 니가 우주선을 타고 빛의 속도로 여행을 떠나는 거야.

지훈   빛의 속도로…… 좋아. 난 빛의 속도로 날아간다. 휘익~

준호   규식이는 지구에서 떠나는 지훈이에게 손을 흔들지. 빠이빠이!

규식   잘 가! 오지 마! 짜샤. 더 이상 지구를 더럽히지 마.

지훈   알았어. 너나 계속 더럽히고 있어!

준호   빛의 속도로 3개월을 여행을 하고 돌아왔다고 치자. 지구에 있는 규식이는 몇 살일까?

지훈   뭐?

준호   지훈이는 우주선 속에서 3개월을 살았을 뿐이지만, 빛의 속도로 3개월이 지나 돌아온 지구는 30년이 지났을지, 300년이 지났을지, 3천 년이 지났을지 아무도 몰라.

지훈   그게 그렇게 되나?

윤희   (곰곰이 생각에 잠겨) 우주여행을 떠났다가 돌아와 보니…… 시간이 변해있다?

준호   해외여행을 할 때를 생각해봐. 경도 10도를 건널 때마다 1시간이 줄어들기도 하고 늘어나기도 하잖아. 시간은 우리가 정한 개념이니까. 우주여행은 더욱이 광속 여행은 실로 어마어마한 공간을 점프하고 돌아오는 거야……

규식이는 어쩌면 땅 속에 묻히고…… 규식이 손자가 살고 있을 지도 모르지.

친구들이 고개를 끄덕인다.

준호　　그런데 말이야. (들고 있는 흰 종이의 양 끝에 힘을 주어 가운데 굴곡을 만든다) 이렇게 우주의 차원에 굴곡이 생긴다면 어떨 것 같아?

세 친구, 흰 종이를 뚫어져라 바라본다.

준호　　지훈이가 탄 우주선이 빛의 속도로 3개월이 걸린 공간과 시간에 굴곡을 주면…… 가까워지지. 3개월 동안 빛의 속도로 얼마나 먼 우주까지 갔는지 알 수 없지만 이렇게 굴곡이 지면 아무리 긴 시간이라도 확 줄일 수 있는 거야…… 이렇게 되면 지훈이가 지구로 돌아와서 규식이를 더 빨리 만날 수 있는 거지…… (테이블의 술을 마시며) 술도 한잔 마시고.

흰 종이를 테이블에 내려놓는 준호.
종이를 바라보는 친구들.

준호　　이게 바로 웜홀이야.

사이.

지훈   음, 그럴싸해.

준호   우주에 그런 웜홀이 존재한다고 가정하고 시작하는 거야. 시간 여행이란…….

윤희   실제로도 존재할까?

지훈   실제로도 존재할까? 블랙홀은 있다며?

준호   있을지도 모르지…… 그리고 나는 외계인일지도 모르고.

준호에게 상위의 오이와 당근을 던지는 친구들.

규식   에라이…… 이런 구라쟁이!

지훈   니가 외계인이면 난 저승사자다!

윤희   난 처녀귀신!

규식   아이 윌 백! 난 터미네이터!

사이.

윤희   있었으면 좋겠다. 타임머신…… 어디로든 갈 수 있잖아.

준호   지금까지 개발한 학문과 기술로 미래로 가는 타임머신은 가능하대. 당장 내일이라도.

지훈   오호!

윤희   과거로 가는 건?

준호 과거로는 못 가지만…… (테이블 위에 흰 종이를 다시 들고 굴곡을 주며) 이렇게 된다고 해도 돌아올 수 있는 최대치는 규식이가 살고 있는 현재인 거지. 이미 살아버린 과거에 닿을 수는 없어…… 지훈이가 우주선을 타고 지구를 떠난 며칠 후, 혹은 몇 달…… 혹은 몇 년 후가 될 수는 있어도. 지훈이와 규식이가 함께 홀딱 벗고 냇가에서 뛰어놀던 어린 시절로는 돌아갈 수 없는 거지.

지훈 영화 속에서는 가던데?

규식 개뻥이지.

윤희 웜홀을 통과해 되돌아 와도 이미 지나가 버린 과거로는 돌아갈 수 없다? 절대로?

준호 과거는 존재하지 않으니까…… 이미 흘러가 버렸으니까.

사이.

규식 젠장. 냉정하네. 웜홀은 무슨 웜홀이야?

술을 따라 마시는 친구들.

지훈 야해! 진짜 야해! 웜~ 홀!

규식 이 새끼는……, 야, 오줌이나 빼러 가자!

지훈 새끼 꼭 나를 끌고 가? 우리가 여자냐? 화장실 갈 때 같이 가고?

규식 형이 가자면 쫌 가자!…… 우리 몸에도 웜홀이 있어
요…… 빼줘야 해!

지훈 아이고, 네 네.

지훈과 규식이 투닥거리며 비틀거리며 나간다.
준호에게 불쑥 얼굴을 내미는 윤희,
무심하게 자기 잔에 술을 채우는 준호.

윤희 얼굴이 많이 상했다.

준호 그런가?

윤희 웜홀…… 정말 있었으면 좋겠다…… 이왕이면 과거로도
돌아갈 수 있는 그런 웜홀이 있었으면…… 좋겠어.

준호 (술을 마시며) 왜?

윤희 (준호에게 입을 맞추며) 언제라도…… 몇 번이라도 돌아갈 수
있잖아…… 너와의 시간으로. 옛날로!

준호 (피식 웃는데…… 울컥 눈물이 난다) 오지 마!

윤희 준호야.

준호 오늘이 마지막이야. 널 위해 우는 거…… 너 같은 귀신
위해서 우는 거.

윤희 준호야!

준호 난…… 귀신 따위 믿지도 않는데…… 우주에, 이 태양계
에…… 달에도 가는데…… 너 따위 귀신이 존재할 자리
가 없잖아?

윤희 웜홀!…… 거긴 따뜻하다며.

준호 웜홀 그따위가 뭐? 공간과 공간을 잇는 통로. 그거 이미 이 세상에 있어. 도처에 깔려 있지. 이 테이블도 웜홀이 될 수 있어. 너와 나를 잇고 있으니까. 현재와 과거를 잇고, 추억을 잇고, 후회스런 나 자신을, 죽어버린 너를…… 잇고 있잖아. 지금 이 순간도…… 빌어먹을 젠장!

사이.

윤희 니가 그랬잖아. 웜홀! 이름도 얼마나 따뜻하냐고.

준호 과거로는 갈 수 없다니까. 아무리 차원을 구겨도 (테이블 위에 흰 종이를 마구 구겨 던져버리고) 안 돼. 안 돼. 안 된다구!…… 이미 넌 흘러가 버린 과거니까…… 절대 되돌릴 수 없어.

준호를 와락 안는 윤희.

윤희 (준호의 가슴에 손을 가져다 대며) 웜홀!…… 여기로 올게. 니가 부르면. 언제라도. 여기 니가 있는 웜홀로.

윤희, 일어나 영혼이 걸어 나가듯 준호를 바라보며 뒷걸음쳐 나간다.
술잔에 술을 부어 연거푸 마시는 준호.

준호   그래. 블랙홀이 있으니까⋯⋯ 어쩌면 화이트홀도 있
        겠지⋯⋯ 그럼 웜홀도 있을 거야. 미래로 갈 수 있으
        면⋯⋯ 과거로도⋯⋯.

비틀거리며 준호가 의자에서 일어난다.
하늘을 본다. 하늘에 점점이 별이 가득한 우주의 모습이 펼쳐진다.
그렇게 생각된다.
그 하늘을 준호가 올려다본다.

준호   빛의 속도로 웜홀을 통과해서 나는 2007년의 너에게
        로 간다. 2008년의 너에게로, 2009년의 너에게로,⋯⋯
        너에게로⋯⋯ 그때의 너는 여전히 빛나고⋯⋯ 따뜻
        하겠지. 그리고 살아 숨 쉬고 있을 거야. (사이) 꼭 한번
        만!⋯⋯ 한번만 더 살아 있는 너를 느낄 수 있다면⋯⋯
        그럴 수 있다면⋯⋯ (사이) 빛의 속도로 웜홀을 통과해
        서⋯⋯ 윤희야!

별이 하나 응답하듯 반짝인다.
환한, 세상 가장 환한 웃음을 짓는 준호.

3

업무용 테이블. 테이블 안쪽에 귀에 이어링을 꽂은 명수가 앉아
있고. 그 맞은 편 고객의 의자에 앉은 진석. 진석은 몹시 지친 듯
보인다.

명수   (옆의 동료들이 들을 새라 소곤거리며) 니가 팔던 게 뭐라고?

진석   정수기.

명수   아…… 정수기. (소곤거리며) 미안, 내가 이 사무실에 파견
         온 지 얼마 안 돼서…….

진석   정수기…… 홍삼…… 광파 오븐 레인지, 믹서기, 각종
         생활용품은 끼워서 드립니다. 핵심은…… 고객님의 미
         래죠.

명수   뭐?

진석   고객님의 편안한 노후와 안정된 삶의 질을 보장합니다.
         그러니까 미래.

명수   아…… 난 또 뭐라고, 건강 챙겨. 그거 잃으면 아무 소용
         없다.

진석   그러게. (들릴 듯 말 듯 혼잣말로) 씨발!

사이.
살짝 기분이 상한 명수, 짐짓 모른 척하며,

명수   정말 신기하다. 어떻게 너를. 여기서 보냐?

몹시 떨떠름한 표정이 되는 진석.

진석   그러게.

명수   세상 참 좁다니까. 기억나냐? (웃으며) 니가 세일즈맨이라
          니…… 난 정말 니가 크게 될 줄 알았다. 적어도 이런 세
          일즈맨이 되리라고는 상상도 못해 봤어. 그나마 이젠 실
          직을 하고 말았지만…….

진석   또 시작하면 돼…… 세상에 세일즈맨의 일자리는 널리
          고 널렸으니까.

명수   (의외라는 듯이) 그래?…… 요새 경기가 바닥을 치고 있는
          데…….

씁쓸한 웃음을 감추는 진석.

진석   경기가 좋든 나쁘든 세일즈맨은 항상 필요한 법이거든.
          그리고 난 꽤 실적이 좋은 편이었고.

명수   아주 긍적적이네. 잘 컸어. 진석이 잘 컸구나…… 그래.
          그럼 희망구직란에도 예전과 같이 영업직이라 쓰면 되
          고…… 그런데 영업을 어떻게 했길래 잘린 거야?

사이.

진석   뭐라고?

명수   아, 내가 너를 좀 파악해야 앞으로의 일이 좀 쉬워지거든. 인력은행 하는 일이 그거잖아. 구직알선.

진석   뭘 알려줘야 하는데?

명수   영업 노하우! 그런 게 있었다면 말이야.

진석   별 거 없지.

명수   여기 서류에 쓴 전국 50위는 그럼 구라야?

진석   아니!

명수   그럼 뭐지? 니 영업 노하우?

사이.

진석   납작 엎드려.

명수   뭐?

진석   납작 엎드린다고. 물건을 파는 사람은 절대 자기를 높이면 안 되는 법이지. 잘난척하는 놈한테는 절대 물건을 사고 싶지 않은 법이거든.

명수   아, 그런가?

사이.

명수   그런데 상상이 잘 안 돼. 니가, 최진석이 니가 납작 엎드린다니, 니가. 너 같은 놈이. (전화를 연결하며) 아, 잠깐만

전화 좀 받고.

네, 김명수입니다. 네, 알선해 드립니다…… 직접 창구로 나오셔야죠. 이건 성의 문제입니다. 그리고 제가 얼굴을 봐야 어떤 분이지 알고 회사에도 추천을 하죠. (수화기 너머에서 욕이 들려오는 듯 움찔) 아, 구직활동 확인서가 있어야 실업급여가 집행이 됩니다. 전화로 이러시면 안 되구요. 창구에 직접 나와 주세요…… (수화기를 내려놓으며) 쳇, 끊겼네. 하여튼 요즘 인간들, 뭐든지 전화 한 통으로 끝내려고 든다니까. 얼굴 보는 걸 무서워 해. 진상이야 진상!

진석   진상?

명수   뭐, 말하자면 그렇다고.

진석   오지 못하는 무슨 사정이 있겠지. 함부로 말하지 마.

명수   사정은 무슨, 십중팔구는 다 귀찮아서야.

진석   함부로 말하지 마.

명수   그러니까 실직…… (말을 뱉으려다 삼키며) 다 이유가 있는 거야…… 넌 어때?

진석   어떠냐니?

명수   말 그대로 어떠냐구?

한숨을 몰아쉬는 진석, 자리에서 일어나려다 다시 앉는다.

진석   난 말이야. 난…… 난, 요즘 들어 자꾸 의문이 들기 시작했어. 내가 팔고 있는 게 정말 물건인지…… 아니면.

명수	아니면?
진석	됐다. 너한테 내가 무슨 얘기를 하겠냐? (일어나려는 진석)
명수	급하면 당장 일할 곳은 있어.

자리에 앉는 진석.

명수	…… 일용직 알바라도 괜찮으면 그건 당장이라도 소개시켜줄 곳이 있어.
진석	일용직?
명수	그러니까 얘기했잖아. 급하면이라고.
진석	김명수!
명수	(서류를 훑으며) 이직 사유가…… 권고사직이라고 되어 있는데…… 뭐 이런 것까지 묻느냐고 하겠지만, 사실 고용주들이 궁금해 하는 사안이고, 나는 또 연결을 해주는 입장에서…….
진석	…….
명수	실적도 좋았다며 왜? 무슨 일이 있었던 거냐? 부담 없이 얘기해 봐.
진석	…….
명수	불편하냐?…… 하긴. 하지만 상담자가 구직자에 대해 잘 알아야 실패를 줄이는 법이거든.
진석	…….
명수	폭행…… 뭐 이런 거랑 연류된 거냐? 어떤 놈이 시비라

도 걸어 와서 한판 붙은 거야?

사이.
명수를 빤히 쳐다보는 진석.

진석 난 스마일맨이야.

명수 뭐?

진석 스마일맨이라고. 스마일맨!

명수 아······ 스마일! 그거 재밌겠다. 그런데 왜 스마일맨이 사고를 쳤어?

사이.

진석 난 매일 오전 10시가 되면 사무실을 나와서 지난 달 초부터 방문하기 시작한······ 사무실들을 순례를 하듯이 돌아. 중앙 출입문 앞에 서서 '스마일'을 외치며 인사를 하는 거야. '안녕하십니까? 스마일맨 최진석입니다. 그리고는 눈길 한번 안주는 사람들 앞을 지나며 오늘의 건강 정보, 재테크 정보가 담긴 유인물을 나눠주지. 물론 사탕 하나씩을 매달아서. 저 안쪽 자리의 팀장부터, 김 대리, 서 차장······ 경리를 보는 미스 김까지. 모든 차례를 돌며 인사를 하는 거야. 사람들은 약속이나 한 것처럼 모니터에 시선을 고정하고는······ 아무도 나를 돌아보지 않아…… 나는 뭐 그런 시선을 느낄 사이도 없이 다시 중앙 현관에 서서 인사를 해. '활기찬 하루 보내십시오' 돌아 나와서 엘리베이터 앞에 서. 이때 주의할 점, 뒷모습에서도 절대 힘을 빼면 안 돼! 축 처진 어깨는 있을 수 없어. 난 미래를 파는 사람이니까…… 하지만 엘리베이터에 타고, 문이 닫히면 난 어쩔 수 없는 한숨을 내뱉고 말지…… 그럴 때마다 가슴 저 밑바닥에서부터 욱하고 뭔가 올라 와. 내가 뭘 팔고 있는 거지? 최진석 너 뭘 팔고 있는 거냐?

명수   그래서 사람을 친 거야?

진석   궁금하다며. 나를 알아야겠다며…… 들어! 내가 지금 들려주고 있잖아.

명수   최진석!

진석   처음에는 시간이라고 생각했어. 물건을 혹은 보험을 혹은 자동차를 팔기 위해서 시간을 들이고 있으니까. 팔기 위해 제품 정보를 외우고, 손님 앞에서 설명하고…… 설명하고. 고객이 제품을 사러 올 때까지 기다리는 게 내 일이니까. '아, 내가 팔고 있는 건 시간이구나' 생각했지…… 그런데,

명수   그런데?

진석   그런데 이젠 딴 생각이 드는 거야. 이건 생각을 넘어 거의 환각에 가까워. 매일 아침 사무실 중앙 현관에 설 때마다, 난 내 목에 걸린 나비넥타이를 봐. 실제로는 존재

하지도 않는…… 나비넥타이는 리본 모양이야. 상품 포장지 위에 있는 그런 리본…… 이제 난 인사를 할 때마다 내가 팔고 있는 게 나 자신이란 생각이 들어.

명수 뭐?

진석 난 12,000원짜리 통닭이 된 것 같고. 한 달에 39,900원짜리 암보험이 된 거 같고. 2000CC 중고 자동차가 된 거 같아. 아니 정확하게는 월급 200만 원짜리 배나온 성인 남자 노예가 된 기분이 드는 거야. 오늘은 누가 나를 사갈까? 목이 빠지게 기다리는 그런 진열장의 물건이 된 거 같아. 점점 확신이 들어. 난 나를 팔고 있는 거야. 난 정육점에 걸린 돼지고기야. 빨간 조명등 아래 선홍빛 살을 드러내고는 나를 사러 올 수많은 고객들을 기다리지. 이 만져지지 않는 견고한 유리벽 안에서. 미칠 것 같아. 아니 이미 미쳤는지도 몰라.

명수 그래서…… 그런 거야?…… 그럼?

사이.

진석 엊그제는 허그데이였지. 스마일맨에게는 최고의 날이지. 지하철에서 나오는 모든 사람들을 있는 힘껏 안아주는 일을 했어. 지하철에서 나오는 모든 사람들을 있는 힘껏 안아주는 일이야. 난 핑크색 코끼리 탈을 쓰고 지하철역 입구에서 쏟아져 나오는 사람들을 안아줬어. 한 명, 두

37

명, 세 명,…… 어린이, 아가씨, 젊은이, 할머니까지……
(낄낄거리며) 그 사람들 꼭 벌레 같더라.

명수 벌레?

진석 지하철역 입구는 내가 안아줘야 할 벌레들을 마구마구
쏟아내는 거야. 난, '사랑합니다. 스마일!'을 외치며 그들
을 안고 안고 또 안고…… 토할 것 같았어. 현기증이 나
더라구…… 그리고 그 냄새나는 노인네. 나를 덥썩 안으
려고 덮치는 그 늙은이…… 난 그 순간 환멸을 느꼈어.
이런다고 내가 뭐가 달라지나? 벌레처럼 달려드는 저들
을 다 껴안는다고 내 인생이 뭐가 달라지나? 벌레! 벌
레! 벌레!…… 그래서 두 팔을 휘둘렀어. 있는 힘껏 밀어
버렸지! "저리 가! 이 늙은이야. 이 늙은 벌레야."

사이.

명수 너 우울증이구나. 실직의 충격이 너무 커서 받아들이지
못한 거야. 그럴 수 있어. 그럼, 충분히 그럴 수 있어. 나
라도 견디기 힘들었을 거야.

느닷없이 테이블 밑에서 총을 꺼내드는 진석, 하늘을 향해 발사
한다.

진석 그래 나 우울증이다! (강도로 돌변하여) 내가 누구냐구? 내

가 궁금하다고 했지? 이제 보여주지. 엎드려! 지금부터 이곳은 내가 접수한다. (명수에게) 너도 엎드려 자식아!

사무실은 아수라장이 되고, 이어폰을 꽂고 일하던 사람들과 명수가 테이블 밑에 엎드린다. 테이블을 밟고 올라선 진석.

진석 이 테이블 안쪽에서 테이블 바깥의 나를 무시했어. 마치 저급한 다른 세상 사람을 대하듯이. 경계선 이쪽 너머에 어떤 사람이, 어떤 소망이, 어떤 노력이 있는지는 관심도 없지.

명수 최진석, 그만해. 진정해 진석아. 진정해!

진석 그따위 소리 집어 치워. 니가 언제부터 나를 걱정했다고. 내가 우습냐?…… 세일즈나 하고 있으니까. 물건이나 팔러 다니니까 내가 우스워? 내가 무슨 구걸이라도 하고 있는 거 같아?

명수 아니야. (진석의 눈치를 보며) 진석아 나는…… 그런 의도가 아니었어. 최진석!

진석 머리에 손 올려! 어이 팀장, 서 차장, 미스 김, 손 안올려? 내가 우습냐? 내가 아직도 스마일 맨 최진석으로 보여? 아니, 이제야 내 얼굴이 기억나냐? '당신의 미래를 팝니다. 스마일맨 최진석입니다.' (천정으로 총을 발사한다)

비명을 지르며 혼비백산하는 사람들.

진석 내 얼굴이 낯설지?…… 매일 여기에 왔었는데…… 나 매일 여기에 왔었어요. 매일 아침 출근 도장을 찍듯이 여기 왔다고. 그런데 내 얼굴이 기억에 없지? 왜? 당신들은 한 번도 고개를 돌려 나를 볼 생각을 안했으니까. 내가 너희들의 미래를 팔고 있다는데…….

명수 제발 진정해. 이러면 이럴수록 너만 손해야. 넌 지금 니 인생을 절벽 끝으로 몰아붙이고 있어.

진석 집어치워!…… 그따위 동정 집어 치워!…… 난 오늘 너희들의 미래를 샀어. 아주 싼값에. 그래 이 총 한 자루로. 이제 정말 미래를 판다는 게 뭔지 실감이 날 거다. (머리 위로 총을 발사) 이 한 방이면 모든 게 끝장이야. 아내도, 아이들도, 따뜻한 가정도 다 날아가.

명수 하지 마. 하지 마. 제발!…… 쏘지 마! 너만 힘든 거 아니야. 나도 힘들어. 미스 김도 조 차장도 우린 그저 말단 사원들일 뿐이야. 온종일 책상 앞에 고개를 처박고 앉아 자판을 두드려야 한 달 치 양식을 벌어가는 그런…… 일벌레들일 뿐이라고.

진석 그래. 벌레. 같은 벌레일 뿐이면서 너흰 나를 무시했어. (싸늘한 얼굴로) 이거 죄송해서 어째요? 시간은 이미 품절인데.

명수 이러지 말자. 진석아, 제발 총 내려 놔.

사이.

진석   난 자격이 있어. 왜? 난 이 총으로 너희들의 시간을 샀으니까. 내가 평생 굽실거릴 줄로만 알았지? 살려달라고 빌어봐! 자, 서 차장에겐 어떤 미래를 줄까? 미스 김에게는?…… 이봐. 정말 내가 당신들 미래를 사버렸잖아. 이제 흥정을 할 차례야. 당신들의 미래…… 대체 얼마에 살 거지?…… 영업의 노하우가 뭐냐고?…… 지금 이 순간만은 분명히 알겠어. 그건 바로 이 총이야!

명수   니가 우리들의 미래를 샀다고? 아니 넌 지금 니 인생을 팔아치우고 있어. 그것도 아주 헐값에.

진석   닥쳐!

명수   왜 헐값이라 쪽 팔리냐?

진석   뭐라고?

명수   오늘 이 소동으로 넌 니 인생을 헐값에 넘겨버린 거야. 10만원도 아깝지. 넌 강도가 됐어. 인질범! 운 좋게 이 인질극이 니가 바라는 대로 성공한다고 해도 넌 평생 도망자 신세야.

진석   닥쳐!!

명수   넌 진짜 너를 팔지 않았어. 진짜 니가 뭔지도 모르고 있으니까.

진석   닥치라고 이 자식아!

명수   넌 싸구려야!

진석, 총기를 난사한다.

쓰러져 버리는 사람들.

진석 난 싸구려가 아니야. 난 늘 빛나는 별이었어.
이 시름 많은 지구의 벌레 같은 인간 종자들에게 시간
을, 미래를, 희망을 파는…… 그런 게 나였어. 난 흔치 않
은 사람이었어.
난 싸구려가 아냐. 난…… 나야!

자신을 향해 총구를 들이대는 진석.

4

병원 진료실. 컴퓨터로 차트를 보고 있는 의사와 수수하지만 있어 보이는 옷을 갖춰 입은 여자. 의사는 다소 껄렁해 보이고, 여자는 지나치게 진지하게 보여 때때로 멍한 상태에 이른다. 여자는 손에 손수 만든 음료를 담은 병을 하나 들고 있다. 내내 그 병을 만지작 거린다.

의사 (인터폰으로) 이분이 마지막 환자? 더는 접수하지 말아요. 오늘 나 일이 있어. 가족 모임…… 암튼 그렇게 해요. (인터폰을 내려놓는다. 환자에게는 눈길을 안주고 모니터만 보면서) 아, 조직 검사 결과가 나왔네요.

여자 네?…… 네. (침을 한번 꼴깍 삼킨다)

의사 어디 보자. (대수롭지 않게 미간을 한번 찌푸리고는) 암이네요.

사이.

의사 크기가 지금이 2.5센치. 얼른 제거해야 합니다. 전이도 좀 의심스럽고.

여자 뭐라구요? (시선이 어딘가 먼 곳으로 향해 있는 듯)

의사 암이라구요…… 지난 주 조직검사 결과가…… 암이에요. 하지만 뭐 방법이 없는 게 아니니까…… 환자분?

여자	뭐라구요?
의사	(혼잣말로 구시렁) 종양이 귀에 있는 것도 아니고.
여자	뭐라구요?
의사	잘 들으세요. 다시 한 번 말씀드리죠. 아, 참 시간이 없는데…… (모니터를 여자 쪽으로 보여주며) 지난주 환자분 유방에서 떼어낸 조직을 검사해보니 악성신생물, 즉 암입니다.
여자	뭐라구요?
의사	또 뭐라구요?…… 아,…… 충격을 받으신 건 알겠는데 집중을 좀 하세요. 앞으로 치료도 받으셔야 하고…… 암세포는 우리 몸 어디에나 있습니다. 보통은 생겨나도 소멸이 되죠. 면역력이 강할 때는…… 하지만 그렇지 못할 때는 자리를 잡고 계속 살아납니다. 악성 신생물…… 그게 바로 암이죠. 환자분 몸에 그게 생겼어요. 이제 그놈과 싸우기 위한 전투가 시작된 겁니다…… 환자분?
여자	이상하죠. 의사선생님이 뭔가 말하고 있는 것 같은데 제 귀에까지 그게 도달하지가 않아요. 웅얼거리는 선생님의 입을 보고 있는데도 왜 소리가 들리지 않을까요? 그저 웅얼대네요. 웅얼웅얼.
의사	충격이 아주 크시군요…… 뭐 이해합니다. 그러실 수 있죠…… 충격적인 일임에는 틀림없으니까요…… 그냥, 운이 없었다고 생각하세요.
여자	뭐라구요?
의사	마음을 차분히 해보세요. 오늘 당장 죽는다는 게 아니잖

아요.

여자 또 웅얼웅얼…… 제가 큰 병에 걸렸나요?

의사 (귀찮음을 숨길 수 없는 한숨) 다시 처음부터 시작해보자는 건
가요? (톤을 높여) 네, 환자분은 지금 암에 걸렸습니다. 암
은 현대의학으로 아직 정복하지 못한 병입니다. 일종의
세포돌연변이인 병변을 제거하고, 전이나 재발을 막기
위해 강력한 화학약물을 투입한 항암치료를 하거나 고
농도의 방사선에 환부를 노출시킵니다. 생사를 건 전투
를 시작하는 거죠.

여자 제가…… 죽나요?

의사 …… 인간은 누구나 죽습니다.

여자 그렇군요.

사이.

의사 이제 이해되신 것 같으니까…… 나가보셔도 좋습니다.
간호사가 앞으로의 치료 절차에 대해서는 자세히 설명
해 드릴 겁니다.

여자 (멍하니) 저기…….

의사 더 궁금한 게 있습니까?

여자 남은 시간이…… 얼마나 될까요?

의사 (귀찮다는 듯이) 그런 거 생각마시고…… 치료에나 집중하
세요.

사이.

여자　저기…… 선생님!

의사　네?

여자　(들고 있던 음료가 든 병을 내민다) 이거 좀 드세요.

의사　됐어요. 안 먹습니다.

여자　(단호하게) 아니요. 드셔주세요…… 부탁입니다.

의사　(난감하고 또 조금은 불쾌하나 참으며) 주세요. 그럼. 이따 마시겠습니다. (음료를 받는다)

여자　(단호하게) 지금 드세요!

의사　뭐라구요?

여자　지금 드세요…… 병을 제가 가져가야 해서.

의사　하, 나 참.

여자　왜요? 제가 주는 음료 먹는다고 병이 전염되는 것도 아닌데…… 제 마음인데 좀 받아주시면 안 되나요?

의사, 께름칙한 표정이더니 복잡한 심사를 정리하고 음료를 열어 마신다.
음료 병을 여자에게 내미는 의사.

여자　(병을 살펴보더니) 조금 남았어요. 마저 드세요!…… 남은 게 있으면 가방에 흘러서. 부탁입니다.

의사　알았어요. 참 내. (다 마시고 병을 여자에게 건넨다) 자, 됐죠.

여자 네. 고맙습니다.

의사 고맙기는 뭐…… 받아 마신 게 난데 제가 고맙지요.

여자 아니요. 제가 고맙습니다.

의사 …… 그렇습니까?…… 그럼 이제 돌아가 보세요. 제가 이제 그만 퇴근을 해야 해서요.

여자 네, 선생님.

일어서 나가려던 여자가 돌아와 다시 앉는다.

여자 그런데, 선생님…… 혹시 마시는 독약에 대해서 아시나요?

의사 음독자살이라도 하시려고요? 현대의학 많이 발달했습니다. 치료하려고 병원에 오신 거잖아요.

여자 아니요. 그렇지 않습니다. 얼마 전까지 그 생각을 안 한 건 아니지만…… 사실 암 진단을 받는 게 처음이 아니에요. 벌써 네 번째죠. 병원들을 전전했었거든요.

의사 환자분!

여자 조금만…… 제가 조금만 선생님 시간을 뺏도록 할게요. 제겐 시간이 많지 않잖아요.

의사 (일어나 옷을 입으려다 다시 앉으며) 짧게 하세요. 여긴 대학병원이고, 전 고용된 사람입니다. 저 문밖에는 아침부터 저녁까지 저를 보려고 환자들이 줄을 서 있습니다.

여자 하지만 지금은 퇴근 시간이라 모두 돌아갔죠. 그렇죠?…… 네, 네. 알겠어요. 짧게 할게요…… (낄낄대고 웃으며) 제가 '마시는 독약'이라고 인터넷에 쳤더니.

의사   환자분!

여자   죽을지 알면서도 마시는 독약이 사랑이래요. 우습지 않아요? (웃다가 싸늘히 웃음이 식는다)…… 사랑이 독약이라니…… 뭐 그럴 법하기도 해요. 금지된 사랑, 불륜,…… 로미오와 줄리엣. 사랑 얘기에는 독약이 자주 등장하니까.

의사   하고 싶은 얘기가 뭐죠?

여자   (강압적으로) 보채지 좀 말아요. 지금 이야기하고 있잖아요.

의사   이봐요! (일어서는데 갑자기 속이 거북함을 느낀다) 할 얘기가 있다면서 빨리 해요. 좀. 난 화장실도 못가고 여기 몇 시간을 버티고 있는데…… 난 약속도 있다구요.

여자   (시니컬하게) 그러죠. 생각보다 인내심이 없으시네.

의사가 의자에 앉는다. 속이 계속 불편해 보인다.

여자   먹고 죽을 독약을 찾다가 '매소림'이라는 농약을 알게 됐어요. 무색무취라서 사고가 종종 있었더라구요. 시골에서 밀가루인줄 알고 전을 붙여먹기도 하고, 막걸리에 타 먹기도 하고. 정말 무서운 약이더라구요. 효과도 빠르고…… 초기엔 메스껍고 속이 불편하대요.

헛구역질을 하는 의사.

여자 어, 정말 그러네.

의사 뭐야?

여자 선생님도 속이 메스꺼워요? 토할 것 같죠?

의사 당신…… 그 음료가 그럼?

여자, 재빨리 일어나 진료실 문을 잠근다.

여자 난 벌써 여러 차례 내가 죽는다는 이야기를 들었어요. 흰 가운을 입은 당신 같은 의사들한테. '이제 당신은 죽을 거야'라는 말을 참 쉽게도 하더군. 나한테 사형선고를 내리고는 자기들은 책상 위에 놓여있는 도넛을 먹고, 커피를 마시고, 시시껄렁한 농담을 하면서 저녁 약속을 잡더군…… 몇 개월 뒤 내가 세상을 떠나가도 아무 일 없이…… 모든 게 아무 일 없이 돌아갈 거야. 하루 쯤, 내가 매일 가던 헬스장 요가 매트에 국화꽃이 놓이겠지만 그뿐. 다시 다른 사람의 자리로 채워지겠지. 책상도…… 의자도…… 내 모든 흔적마저 사라져도 아무렇지도 않을 거야.

의사 이봐…… 일부러 나에게 그럼?

여자 당신은 곧 죽게 될 겁니다. 의사 선생님…… 당신에게 주어진 시간이 2시간이 될지…… 그보다 짧을지 모르겠네요.

의사 나한테 왜?…… 내가 뭘 잘못했다고?

여자 물론 선생님은 잘못이 없어요.

의사 그럼 왜?

의사가 토한다.

여자 다만…… 당신이 알고 있을까?…… 아니 궁금하기라도 할까?

의사 뭐라고?

여자 죽음이 덮쳐오는 그 공포…… 말을 하는 입은 보이는 데, 소리가 닿지 않는 그 진공의 상태에 대해…… 당신이 궁금해 하기라도 할까?…… 매일같이 당신 책상 앞에 와서 무릎을 마주 대고 공손히…… 최대한 공손히…… 자신의 병증에 대해 묻고…… 때로는 곧 죽게 될 거라는 말을 듣는…… 당신을 신처럼 믿고 의지하는 그 사람들의 기분을…… 그 막막함을 당신도 느껴 보기를…… 바랬어요.

사이.

괴로워하는 의사.

의사 이 나쁜…… 이 나쁜…… 살려 줘!…… 살려주세요!

여자 걱정 말아요. 현대의학은 발달했으니까…… 그리고 여긴 병원이니까…… 늦게라도 간호사들이 아니면 저 문

밖의 환자들이 달려와 당신 위장을 소독하고 팔에 주사
를 꽂고…… 폐에 찬 물을 뽑아낼 수도 있을 테니까.

의사   이봐요. 당신!…… 이거 죄야. 살인죄.

여자   죄 짓지 않고 사형수가 되어 버렸는 걸요 난.

의사   살려 줘!

의사가 뒹굴며 책상 위 인터폰을 누르려 한다.
진인하게 의사의 손을 밟는 여자.

여자   아직…… 시간이 안됐어요. 너무 성급하시네.

의사   내가 뭘 할까?…… 사과할까?…… 나한테 뭘 어쩌라는
거야?

여자   그냥 재수 없다고 생각해줘요.

의사   뭐라고?

여자   당신도 나한테 그랬잖아…… 그냥 운이 없던 거라고.

의사   야!…… 이러다 죽어…… 나 진짜 죽는다고!

여자   호들갑떨기는…… 인간은 다 죽습니다.

의사   야! 이 미친년아!

여자   의사선생님도 별수 없네.

의사가 피를 토하더니…… 스르르 힘이 빠져 일어나지 못한다.
냉정하게 의사의 의자에 앉는 여자.

여자 (음료 병을 만지작거리며) 사실 이 음료는 당신을 위한 게 아니었어…… 애초에 살의 따위는 없었다고.

쓰러진 채로 움찔하며 몸을 들썩이다 멈추는 의사.

여자 너도 내 기분이 되어 봐…… 길을 걷다가 총을 맞은 기분이야. 가슴에 구멍이 뚫린 기분이야. 이 책상 앞에서 수학 문제를 풀듯이 답안을 끄적대는 니가 뭘 알겠어?
난 수학문제가 아니야. 적어도 넌 생명을 다루는 의사라면서 그 정도는 알았어야지. 난 밀린 일거리가 아니고, 해치워야하는 과제물이 아니고, 니 월급봉투가 아니고, 귀찮아 돌아 버리게 하는 진상이 아니야.
난 사람이야…… 너하고 똑같은…… 사람.

멍하니, 손에 들고 있는 음료병을 만지작거리고 있는 여자.

5

날개를 가진 노인.

테이블이 하나 놓여 있다. 취조실 같은 분위기. 작은 스탠드 등과
두 개의 의자.

허름한 양복을 입은 노인과 수사관으로 보이는 사내 두 명이 노인
을 바라보고 있다.

수사관　천사라구요?…… 확실히?

노인　네.

수사관　그러니까 하늘에서 온 천사다? 날개 달린?

노인　그렇소.

수사관　백의의 천사도 아니고, 그냥 천사? 할아버지가?

노인　난 하늘에서 왔고. (양복 옷깃을 펄럭이며) 이렇게 날개도 있
　　　으니 천사가 맞소.

수사관　(노인을 빤히 바라보며) 헛 참. 할아버지 왜 그러세요? 여긴
　　　한가한데 아니고, 저희들 아주 바쁜 몸입니다.

책상에 커피를 올려놓고 노인을 바라보는 반장.

반장　잘 여쭤 봐. 지구에는 무슨 볼 일로 오셨는지……, 요한
　　　계시록에 이르시길 세상의 끝날에 천사들이 온 하늘을

	뒤덮고 내려온다고 하더니…… 세상이 참 말세다. 그죠?
노인	난 우주에서 왔소. 분명 젊은 몸을 가지고 있었는데…… 이 별에 내리니 노인의 몸이 되더군. 지구에서는 하늘에 서 왔고, 날개가 달린 사람 모양의 정체를 알 수 없는 존 재를 천사라고 합디다. 그래서 나는 천사인 거고.
반장	(어이없는 웃음) 천사 양반 이거 외계에서 오셨구만.
수사관	외계인 천사님 그런데 지구 법을 어기셔서 말이죠. 강남 역 10번 출구에서 왜 사람을 친 겁니까?
노인	…… 그건 사람이 아니었소.
수사관	핑크 코끼리!…… 그래 그 핑크 코끼리 탈 뒤집어 쓴…… 그 사람 쳤잖아요? 아주 개 패듯이 패드만. CCTV에 다 찍 혔어요. 인형 탈을 썼기에 망정이지 안 그랬으면 얼굴이 몽창 나갔을 겁니다.
반장	피해자는 어딨어?
수사관	어디긴요? 병원에 누워있죠. 전치 3주 나왔답니다.
반장	어르신?…… 보호자 어디 계신지…… 아들이나 딸 있을 거 아닙니까?
노인	천사도 그런 게 있습니까?
반장	없죠. 하지만 어르신께선 천사가 아니니까…… 무고한 시민을 폭행한 현행범으로 여기 오신 거니까…… 보호 자 어딨어요?
수사관	아, 본인 이름하고 주민번호도 안 대고 있다니까요.
반장	(수첩으로 수사관의 머리를 탁 때리며) 인마. 천사가 주민번호가

어댔냐?

동시에 짜증난 듯 노인을 바라보는 두 사람.

노인   난 하늘에서 왔소. 운석들이 가득 찬 어둡고 긴 터널을
        거쳐서…… 아주 오랜 시간을 건너 왔단 말이요.
수사관   아, 참 말 안 통하네.
반장   당연하시. 외계인하고 무슨 말이 통해?
수사관   천사는 통하는 거 아닙니까?…… 소원 빌고 막 그러던
        데…….

사이.

노인   내가 살던 별에서 나는 청소부였습니다. 쓰레기들을 치
        웠지. 거리를 깨끗하게 하는 내 일에 나는 자부심을 느
        꼈소. 그런데 자부심은 참 쓸모없는 것이었소. 가장 먼저
        내다 버려야할 것이었지. 자고 일어나면 깨끗해지는 거
        리를 원하는 별 사람들이지만…… 거리를 쓸고 닦느라
        얼룩이 진 먼지투성이 청소부는 부끄러워했소. 아, 물론
        지구 식으로 바꿔서 이야기하는 거요.
수사관   아아, 지구식!
반장   놔 둬. 보니까 이야기꾼이시네.
노인   부끄러운 존재가 된다는 건 참 슬픈 일이오. 나는 우리

별 사람들이 모두 잠든 밤에 일을 해야 했지. 그들을 배려해서 말이오. 그런데 이상하게 날이 가면 갈수록 부끄러움은 더해지고, 내가 일을 끝내야만 하는 시간도 줄어들었소. 밤늦게까지 일을 하고 시간을 쓰는 사람이 많을수록…… 내 시간은 줄어들었소. 그리고 깨달았소. 애초부터 이 별은 나 같은 사람을 필요로 하지 않는구나. 내가 없어지기를 바라는구나.

수사관   왠지 슬픈 기분이 들어요.

반장   어허, 떠들지 말라니까 자식이.

의자에서 일어나는 노인.

노인   그래서 날기 시작했소.

인상을 찌푸리며 서로를 바라보는 수사관과 반장.

노인   나는 건 어렵지 않아. 믿음만 있으면 되지.
눈을 지그시 감고. 양팔을 편 다음 바람을 느끼는 거요.
그리고 펄럭펄럭 날개가 달린 팔을 움직이면 된다오.

새가 날듯이 포즈를 취하는 노인.
손가락을 빙빙 돌려 할아버지가 미친 게 확실하다는 표현을 하는 수사관.

노인 왜 진작 그 생각을 못 했는지…… 그렇게 오래 숨어서 버텨야 했는데도.

나는 팔을 뻗어 하늘로 하늘로 날아올랐소. 파란 하늘을 지나 무수한 별들이 반짝이는 우주를 날기 시작한 지 며칠…… 혹은 몇 달이 지났소.

하루는 운석의 행렬을 만났소. 몸을 날렵하게 해야 했지. 운석에 부딪치면 끝장이니까. 피하고 또 피하고…… 그런데 예상치 못한 일이 생긴 거요.

귀를 쫑긋해 듣고 있는 수사관과 반장.

수사관 뭔데요?
반장 뭐예요?

사이.

노인 좀 앉아서 이야기 합시다.

어서 앉으라는 포즈를 하는 반장.

노인 (숨을 고르고) 내 몸이 어딘가로 빨려 들어가는 거요. 아주 순식간에 벌어진 일이지. '아아아아 악~' 긴 비명과 함께 기절한 거 같소. 그리고 깨어나 보니 낯선 행성이었지. 내 모습도 낯설었어. 흰 머리털이 나 있고, 온 몸이 쭈글쭈글하고 온 몸에 기운이 쫙 빠지더군. 지금 이 모습으로 바뀌어 있었소.

수사관 그럼, 예전엔 어떤 모습이었는데요?

노인 젊었지. 그리고 등줄기에 가시가 박혀 있었소.

수사관 가시?

반장 물고기처럼?

수사관 물고기 등에 가시 있어요?

반장 생선 발라 먹을 때 보면 있지 않아?

수사관 아아!! 그렇게?

사이.

노인 그 가시가…… 사라졌더군. 그때만 해도 날개는 아직 있었소. 마침 밤이라 얼른 날개를 숨길 수 있었소. 첫날은 공원의 푸른 나무 밑에서 밤을 새웠지. 우리별의 나무들은 보라색인데…… 푸른색도 나름 괜찮습다.

반장 하 ~보라색! 보라색 나무라니……,

노인 다음날 무조건 사람들이 많은 곳을 찾아 갔소. 이 별에서는 숨어 살지 않으리라. 내 존재를 숨기지 않으리라 다짐을 했거든. 아무도 나를 쳐다보지 않았소. 손에 든 네모에 눈을 고정하고, 귀에는 뭔가를 꽂고…… 처음엔 귀로 음식물을 먹는 줄 알았소. 우리별에서는 가끔 귀로도 음식을 먹거든.

수사관　에이, 설마?

반장　귀로 음식을 못 먹을 이유가 뭐야?…… 이 양반은 천사 인데…….

사이.

노인　며칠을 사람 구경을 하다가 거기에 가게 되었소. 당신들 이 말하던 그 핑크색 코끼리가 있는…… 코가 길어서 코 끼리라고 부른다지. 어찌나 반가운 마음이 들던지…… 지구에 와서 동물원에 가본 적이 있는데 핑크색 코끼리 는 본 적이 없었소. 거기다 두 발로 걷고, 춤도 추고, 털 이 이상하게도…… 포근했지.

수사관, 다시 귀 근처에 손을 빙빙 돌리며 반장을 본다.

'쉿' 하며 입에 손을 가져다 대는 반장.

노인　가장 좋았던 건…… 핑크 코끼리의 마음씨였소. 지나는 사람을 다 안아주고 있더란 말입니다. 난 속으로 중얼거 렸습니다. '저 코끼리를 만나봐야겠다. 저 코끼리는 적어 도 편견 덩어리는 아니겠지. 코끼리가 핑크색일수도 있 다고 생각하는 사람, 코끼리니까.'

수사관　잠깐만요. 이거 알고 계셨던 거잖아.

반장	뭐?
수사관	핑크 코끼리 탈 속에 사람이 있는 거 알고 계셨던 거죠?
노인	(고개를 끄덕이며) 동물 냄새가 아니라 사람 냄새가 났거든. 어쨌든 난 반가운 마음에 달려가 핑크 코끼리를 안았소. 힘껏 끌어안았지.
반장	오호!
노인	할 말이 아주 많았소. 내가 왜 우리별을 떠나왔는지…… 어떻게 하늘을 날고, 운석을 피하고, 지구까지 오게 되었는지…… 다 얘기해 주고 싶었소. 그런데…….
수사관, 반장	그런데?

사이.

노인	핑크 코끼리가 나를 확 밀쳤소.
수사관	예?
노인	'저리 가! 냄새나게!' 핑크 코끼리의 말이었소. 그 바람에 나는 차도에 내동댕이쳐졌지. 차가 쌩쌩 오고 가는 차도에. 거의 죽을 뻔했지. 하지만 차보다 더 위협적인 건 내 마음속에서 일어나고 있는 일이었소. 난 단번에 알아버린 거요. 핑크 코끼리는 위선자. 편견 덩어리였소.

수사관과 반장, 노인을 바라본다.
찌푸린 인상이다.

노인 아가씨도 어린애도 안을 수 있지만 나 같은 늙은 몸을 한 우주에서 날아온 천사는 안길 자격도 없는 거지. 핑크색으로 물들인 넓은 귀를 펄럭거리면서, 그 긴 코를 좌우로 흔들며 애교를 떨던 핑크 코끼리는 위선이었던 거요. 나는 화가 나기 시작했소.

수사관 아, 그러면 그래서?

노인 이 별에 오기까지 들인 노력, 시간, 지혜…… 그 모든 것들이 허무해졌지. 결국 이 별도 …… 내가 설 자리는 없구나. 우주를 돌고 돌아 도착한 이 별도 편견과 차별덩어리로 가득하구나. 나는 이 별에서도 숨어 살아야하는…… 내 존재를 숨겨야하는 청소부구나…… 나는 천사인데…….

사이.

반장 음…… (수사관에게) 핑크 코끼리 영장 발부해.

수사관 예?

반장 노인 폭행죄, 아니 외계에서 온 천사노인 폭행죄로 구속시켜. 이 자식, 지구를 망신시켜도 분수가 있지. 온 우주를 날아서 오신 분한테, 이런 위선자 같으니!

수사관 반장님!…… 제정신이세요?

반장 그럼, 제정신이지. 그놈이 먼저 이 천사 분을 밀쳤잖아. 그것도 차도로! 지구 망신을 시켜도 분수가 있지.

수사관   아이, 반장님까지 왜 이러세요?

반장   나쁜 놈의 시키. 지가 먼저 때려놓고 피해자 코스프레 하며 병원에 입원을 해. 핑크 코끼리 당장 잡아와 어서!…… 아, 어서 안 나가!

수사관, 황당해 하며 나간다.

반장   잡으러 보냈습니다.

노인   (반장의 눈을 들여다보며) 내 말을 믿지 않는군요.

반장   (씩 미소를 짓고) 아뇨. 믿습니다. 전부 다 믿는 건 아니지만 그 중에 사실은 몇 개 추릴 수가 있으니까. 어르신은 핑크 코끼리 탈을 쓴 놈을 안으려고 다가갔는데 밀침을 당했고…… 그게 분해서 그 놈을 폭행했고.

노인이 새처럼 몸을 조금 웅크린다.
날개를 펴듯 양복을 펄럭 펄럭인다.
마치 당장이라도 하늘로 날아오르겠다는 듯이…….
백라이트 조명이 노인의 양복을 날개처럼 보이게 한다.
노인은 진지하게 날갯짓을 한다.

반장   조심해요. 그러다 정말 날아가시겠네.

노인을 슬픈 눈으로 바라보는 반장.

반장   아버지! 갑자기 아버지 생각이 나네요. 아버지는 말년에 치매를 앓았죠.

평생을 청소부 노릇을 하면서 두 아들을 대학에 보낸 아버지…… 미안한 게 참 많은 사람이었어요. 자신의 직업을 특히 미안해했죠. 아들의 인생에 수치스러운 배경이 될까봐. 기억을 잃어가면서 아버지는 자기가 우주에서 날아왔다고 했어요. 혹은 저 먼 우주로 돌아가고 싶다고…… 그랬죠. 본인이 지구에서 나고 사났을 리 없다고. 하루 하루 너무 낯설다고. 아버지는 정말 낯선 외계에서 온 사람처럼 이 세상이 무섭고 낯설기만 하다고…… 아버지도 어쩌면 천사였을까? 거대한 날개를 펄럭이며 우주에서 날아온 천사였을까?

6

무릎 위에 담요를 덮은 채 앉아 있는 남편, 신경질적인 얼굴이다.
아내는 멀찍이 떨어진 곳의 의자에서 졸고 있다. 손에 들고 있는
종을 흔드는 남편. 아내가 화들짝 잠에서 깨어난다.

아내   왜요?

남편   왜는 필요하니까 불렀지.

아내   뭐가 필요한데요 또?

남편   목이 말라. 입안이 타들어 가는 것 같아. 물을 좀 갖다 줘.

아내   물은 방금 전에 먹었어요.

남편   나한텐 지금 물이 필요해. 어서 가져 와.

아내가 물을 가져다 준다.
조금 마시고 바닥에 물을 떨어뜨리는 남편.

아내   손힘이 부족해요? 왜 매번 쏟아 버리는 거예요?

남편   당신이 새 물을 떠올 수 있게. 먹던 물을 다시 가져오는
         일이 없게.

아내   나를 괴롭히겠다?

남편   당신을 믿을 수 없어서지. 날 이런 함정에 빠뜨렸잖아.

아내   원인 없는 결과는 없어.

시니컬하게 웃는 남편. 웃음을 멈추고는 싸늘히.

남편 다리를 주물러 줘!

아내 뭐라구요?

남편 다리, 내 다리!…… 다리를 좀 주물러 줘. 어서!

아내 감각도 없는 다리를 왜 매번 주무르라는 거죠?

남편 당신이 나보다 의학 지식이 풍부하다고 생각해? 난 의사야.

아내 아니, 지금 당신은 환자예요.

남편 그래. 맞아. 그랬지. 당신은 내 간병인이고.

아내 난 당신 아내고 보호자야. 당신 노예가 아니고!!

사이.

남편 왜 그래? 당신이 바란 삶 아니었나? 잘난 척하는 내 꼴이 보기 싫어서 날 쓰러뜨리고 당신 손아귀에서 간호사 놀이, 아니 간병인 놀이를 하는 거. 난 당신 도움 없이는 아무 것도 할 수 없어. 무력한 존재라고.

아내 당신은 여전히 날 꼼짝 못하게 해.

남편 그럴 리가? 나야말로 당신 때문에 이 꼴이 돼서 하루 종일 저 지루한 풍경을 바라보는 것 말고는 할 수 있는 게 없어. 너! 너 때문에!

아내 이걸 가져와라, 저걸 가져와라! 주물러라. 씻어라. 온종

65

일 노예처럼 날 부리는 건 당신이야!

남편   그걸 좋아하는 줄 알았는데…….

아내   난…… 내가 바란 건…….

사이.

남편   왜 떠나지 않지?

사이.

아내   모르겠어.

남편   그렇게 괴로우면, 내 꼴이 보기 싫으면 떠나면 되잖아. 간병인은 언제고 사표를 내던질 수 있다고.

아내   난, 내가 바란 건…….

남편   그래 그게 뭐야?

아내   모르겠어? 아직도 그걸 모르겠어?

남편   (미친 듯 시니컬하게 웃는다) 설마…… 웃기는 사랑 타령이라도 하려는 거야?

아내, 남편에게 다가와 의자와 함께 남편을 넘어 뜨린다.

쓰러진 채 아내를 공격하는 남편.

그런 남편을 우악스럽게 제압하는 아내.

남편의 손을 으스러지도록 밟는다. 남편의 얼굴 위에 물을 쏟아 붓는다.

남편은 웃는다. 재밌다는 듯, 우습다는 듯,

아내   (서러움이 폭발하여) 난…… 내가 바란 건…… 이 개자식아.
내가 니 아내라는 걸…… 그걸 니가 제대로 좀 아는 거.
단지 그거 하나였어! 난 니 환자도, 간병인도 노예도 아
니야…… 니가 죽어갈 때 니 마지막을 끝까지 지켜봐 줄
사람, 인생의 모든 고난과 행복을 함께 겪으실 그런 사
람!…… 단지 그에 대한 작은 예의를 바랐을 뿐이라고.

사이.

아내를 뚫어져라 바라보던 남편이 비열한 미소를 짓는다.

남편   수건!…… 수건을 가져 와!…… 난 다 젖었어. 이대로 두
면 악취가 진동을 할 거라고…… 난…… 난…… (절망스럽
게) 무력한 존재야.

웅크려 오열하는 남편에게 다가가는 아내.
남편을 안는다. 아내의 품에서 흐느끼는 남편.
이내 돌변하여 아내의 목을 조르는 남편.

아내   내가 없으면…… 넌 어떻게 살아갈 건데?
남편   이건 사는 게 아냐!

아내   이런 널…… 왜 떠나지 못했을까?…… 어떤 기대…… 때문에?…… 대체 뭘…… 바라고?…… 뭐가 달라진다고?

얼른 아내의 목에서 손을 떼는 남편.

남편   미안해!…… 나도 내가 왜 이러는지 모르겠다…… 널 사랑해. 나한텐 너밖에 없어.

쓰러져 누운 채로 아내가 하늘을 바라본다.

아내   생각 나? 우리 처음 함께하던 밤에…… 별 봤던 거.

남편   …….

아내   우린 차를 몰고 깊은 숲으로 갔었지. 가파른 비탈길을 한참 올라서…… 무서울 법도 했는데, 마냥 기분이 좋았어.

남편   …… 함께였으니까.

아내   왜 그렇게 먼 곳에? 왜 그렇게 위험한 곳까지 갔을까?

남편   별은 그렇게 외지고, 빛이 안 들어오는 깜깜한 곳에서 잘 보이니까…… 모든 빛나는 건 어둠 속에 발을 디디고 있어야 잘 보이는 법이니까…….

아내   당신은 참 똑똑해.

남편   그래서 당신이 나를 증오하지.

사이.

아내   더는 갈 수 없어서…… 차를 세우고 하늘을 올려다봤었지…… 거기, 하늘에, 보석 같은 별들이 점점이, 알알이 박혀 빛나고 있었어…… 눈물이 났어. 너무 아름다워서. (사이) 그땐 정말 모든 게 아름다웠는데…… 우리 왜 이렇게 됐니?

사이.

남편   미안해.

아내   우린 아직도 그 좁고 위태로운 길을 가고 있어.

남편   때로는 비켜설 수 없는 벼랑 끝에 올라서야 별을 볼 수 있지.

아내   (하늘을 올려다보며) 저기 별이 보여…… 또 저기!…… 우린 한 쌍의 별이야. 서로를 밀고 당기는 힘이 평형을 이뤄서 붙어는 있지만 결코 만날 수 없는…… 그런 별.

남편   놔 줄 수도 없고…… 놓칠 수도 없는…….

아내   내가 당신, 죽여 버릴지도 몰라.

남편   사랑해!

아내   (웃으며) 수많은 별들, 그 중에 한두 개 없어진다고 해도…… 아무도 모를 거야. 저 거대한 우주 속에서…… 우리는, 그저 먼지 같은 존재니까.

사이.

남편   (아내를 묘하게 응시하며) 여보! 나, 목말라!

아내가 눈을 감는다.
눈가에서 눈물이 흐른다.

7

어느 야외 주점의 마당 한 구석. 때는 밤이다. 술에 거나하게 취한 지훈과 규식이 뒤돌아 선 채로 노상방뇨 중이다.

규식 아, 시원하다.

지훈 웜홀!

규식 뭐?

지훈 생각나냐? 그때 여기서 우리 술 먹으면서 준호가,

규식 준호 소식은 없냐?

지훈 없지. 벌써 3개월째 감감 무소식.

규식 망할 자식…… 어디 가서 죽어버린 거 아니야?

지훈 엊그제 준호 누나가 전화를 하셨더라고. 혹시 준호한테 연락 없냐고?

규식 아, 이 개새끼 정말!

지훈 윤희 그렇게 가고 마음이 편치 않았을 거다.

규식 그게 몇 년 전 일인데…… 설마 그 일 때문에 가출했겠어?

지훈 가출은 무슨 가출? 어린애도 아니고.

규식 그럼 뭐 출가라고 해야 하나?

지훈 출가나 가출이나…… 하긴 나라도 못 잊는다. 세월이 지난다고 그게 잊힐 일이냐?

규식 그 후론 클라이밍 안했지? 준호!

지훈 미쳤다고 그걸 하겠냐? 윤희를 그렇게 보냈는데…….

규식 하필 그 줄을 놓칠 게 뭐야? 재수도 더럽게 없지.

지훈 지가 죽인 거나 진배없다고. 준호, 이 불쌍한 자식.

규식 그런다고 약을 처먹어? 개새끼. 퇴원하면 내가 흠씬 두 들겨 패주려고 했는데…… 천문대도 그만두고 어디로 잠수를 탄 거냐고?

사이.

한숨.

돌아서는 두 사람. 담배를 피워 물고 밤하늘을 올려다본다.

규식 망할 자식. 어디로 사라졌을까?

지훈 웜홀인지 뭔지 찾아다니더니…… 맨날 산 속에 처박혀 별이나 올려다 보면서…… 혹시…….

규식 혹시? 뭔 혹시? 걔가 뭐 웜홀 찾아서 시간여행이라도 갔다고?

지훈 …… 차라리 그랬으면 좋겠다. (하늘의 별을 손으로 가리키며) 저기 저 까만 하늘에 어딘가 웜홀이라는 게 있어서 준호네 집 우물하고 연결이 되고…… 어렸을 때 기억나냐? 준호네 집에 정말 우물이 있었잖아. 물은 안 나오는데…… 거기 기어들어가서 놀기도 하고. 옛날에…… 옛날에 말이야.

사이.

규식　　그래 차라리 그랬으면 좋겠다.

지훈　　빛의 속도로 웜홀을 통과해서 저기 먼 우주를 날고 있다
면…… 그럼 좋겠다. (하늘의 별을 가리키며) 저기, 저기 어딘
가로!

지훈을 따라 하늘을 올려다보는 규식.

8

흰빛 조그마하게 밝아오면 의사의 의자에 앉아 있는 여자. 바닥에 쓰러져 있는 의사. 문 밖에서 문을 두드리는 소리. 장비를 가지고 문 손잡이를 부수려는 소란이 간혹 들려온다. 그러다 진공의 공간처럼 고요해진다. 손에 빈병을 만지작거리며 가끔 눈을 들어 쓰러진 의사를 바라보는 여자.

여자 미안해요…… (병을 만지작거리며) 정말로 이럴 생각은 애초부터 없었는데…… 중력이 너무 강했어요. 당신을 끌어당기고 싶은 욕망이…… 너무 커버렸어요.

반장 (문밖에서) 이 봐! 거기 문 열어요. 이게 뭐하는 짓입니까? 이 봐요.

사이.

여자 나는 가끔 별을 보러 갔어요. 동네에 천문대가 있었거든요. 동화책 속에 그런 말이 있잖아요. 사람은 죽으면 별이 된다고.

사이.

여자   시리우스! (의사에게) 들어봤어요? 시리우스라는 별에 대
해…… 밤하늘 별 중에 가장 밝게 빛나는 별이 시리우스
래요. 천문대에서 별을 보는 남자, 그 사람이…… 알려줬
어요.

여자의 기억 속 준호의 모습이 보인다.

준호   시리우스는 밤하늘 별들 중에 가장 밝게 빛나는 별이에
요. 태양 말고는 더 밝은 별이 없죠…… 시리우스에게는
쌍둥이 동생이 있어요. 동반성이라고 하는데 쌍둥이처럼,
짝꿍처럼 서로를 당기는 힘에 의해 묶여 있는 별이죠.

여자   시리우스의 동반성 B

준호   그 별은 색이 흐릿하고 창백해서 백색외성으로 분류해
요. 사람으로 치면 늙고 병이 든 거죠.

여자   나 같아요. 그 별. 백색외성.

준호   백색외성은 언젠가 블랙홀이 될 거예요. 지금도 끌어당
기는 힘이 굉장하죠. 지구 중력의 5만 배가 된다고 하
니…… 참 신기하죠? 죽어가는 별이 왜 그렇게 중력이
강한지…….

여자   난 알 것 같아요. 백색외성이 왜 그렇게 강한 힘으로 뭐
든지 끌어당기는지…… 그건 살고 싶은 몸부림. 꺼지고
싶지 않은 미련…… 조금이라도 더 빛나고 싶은 욕심.
그 모든 것들이 모여 무서운 힘이 된 거예요.

준호   그런가?…… 조심해요. 언제 블랙홀로 바뀌어 당신을 집어 삼킬 수도 있으니까. (미소를 짓는다)

사이.

여자   그 사람은 별에 대해 참 많이 알고 있어요…… 조금만 시간이 더 있었어도 그 사람에게 말을 걸어 볼 수 있었을 텐데…… 사람이 죽으면 정말로 별이 되느냐고…… 물었을 텐데.

의사에게 다가가는 여자, 의사를 반듯이 잘 눕힌다.

여자   (의사의 머릿결을 쓰다듬으며) 시리우스! 당신은 시리우스 같아. 늘 가장 밝게 빛나는 별이었겠지. 누구나 존경하고 만나고 싶어 하는 사람. 보잘 것 없는 내 인생과는 아마 달랐을 거야.

죽은 듯이 누워있던 의사가 몸을 일으킨다.

여자   (의사를 바라보며) 당신, 정말 별이 될 모양이군요. 훨훨 날아올라 하늘의 별이 되려는 거예요.

의사, 여자에게 미소를 보내며 서 있다.

의사에게 손을 흔드는 여자.

준호 백색외성이 소멸하면 빛까지 모두 빨아들이는 블랙홀이 되요. 그 검고 깊은 구멍 속에선 아무도 빠져 나올 수 없어요.

준호의 목소리에 돌아보는 여자.
의사는 다시 스르르 바닥에 누워있다.

여자 (의사를 바라보며) 블랙홀. 난 죽어서도 빛나는 별이 아니라…… 블랙홀. 난 그럴 수밖에 없어…… 그러니 날 용서해요.

문을 부수고 안으로 들어서는 반장.

반장 뭐야 당신?

여자 백색외성…… 아니, 블랙홀.

반장 (여자를 돌아보며) 도대체 무슨 짓을 한 거야? (여자에게 다가와 수갑을 채우며) 당신, 이거 살인이야 살인. 현행범으로 체포합니다.

여자 (멍하니 딴 세계의 사람처럼) 사람이 죽으면 별이 되나요? 밤하늘에서 가장 밝게 빛나는 별, 시리우스!

반장 무슨 헛소리야!

여자   난 백색외성…… 블랙홀이 되면 뭐든지 끌어당겨요.

반장   제정신이 아니구만.

여자   난 시리우스의 동반성 B. 난…… 난, 블랙홀이 될 거야.

여자를 물끄러미 바라보다 이내 시선을 거두고 밖을 향해 소리
친다.

반장   (여자에게) 기도나 해두라고. 이 의사선생이 황천길로 가면
당신은 평생을 감옥에서 썩어야 하니까. (밖을 향해) 뭣들
해! 어서 폴리스 라인 치고. 의사선생부터 옮겨. 숨이 붙
어있는지…….

여자가 웃는다. 이상하고 묘한 웃음이다.
그리고 어둠 저편에 선 준호가 하늘을 올려다본다.

준호   난 웜홀을 찾고 있어요. 차원과 차원을 연결하는…… 서
로 다른 공간과 공간을 연결하는 웜홀. 그런데 웜홀은
사실 어디에나 있어요. 우리가 잘 느끼지 못할 뿐이지.
사람과 사람을 이어주는 그런 웜홀. 그건 정말 가까이에
있어요. 낡은 책 한 권이 웜홀이 될 수도 있고, 오래된 책
상, 당신과 내가 마주 앉은 테이블도 웜홀이 될 수도 있
어요…… 웜홀은 따뜻해요. 당신과 나를 만나게 했으니
까…… 이름도 얼마나 따뜻해요? 웜홀!

9

테이블 하나, 등 하나. 우두커니 앉아 있는 진석.

전화벨이 울린다.

진석　　스마일! 스마일맨 최진석입니다. (최대한 밝게) 엄마?……
아니 왜?…… 아, 꿈에 내가 니 있이?…… 별일 없어. 아
주 잘 지내…… 엄마 나 되게 보고 싶구나. 나 보고 싶
을 때마다 꿈자리 뒤숭숭하다고 하잖아. 맞을 때 한 번
도 못 봤구만. 알았어. 내려갈게…… 엄마, 근데 엄마 생
일 선물 뭐 받고 싶어?…… 너희들이 선물이다. 이런 말
말고?…… 아, 내가 스마일 보험 전국 실적 50위요. 뭔들
못 살까?…… 색시감? 그건 어렵네. 엄마 생일까진 안 되
지. 대신 올 추석에는 꼭 색시감 만들어서 같이 내려간
다…… 진짜지 그럼. 날 더운데 밭에 나가 일하지 말고.
열사병 걸려…… 아, 우리 엄마 보고 싶네. 점심? 먹었지
그럼. 굶고 다닐까봐…… (눈물이 왈칵 쏟아질 듯한 걸 참는다)
엄마, 참 집에 TV 고장 난 거 아직 안 고쳤지?…… 이장
님이 도와준다고? 아냐 아냐. 당분간 그냥 놔 둬…… 내
가 내려가서, 아니다. 내가 아주 새 걸로 사갈게. 아, 우
리 엄마 드라마 좋아하는데 큰일 났네. (숨을 고르고) 응.
나 일해야 돼! 끊어요…… 응? 아니 그걸 왜?…… 그 소

리가 그렇게 좋아?…… 스마일 뜻도 모르면서…… 안다고? 아, 맞네. 웃는 놈이란 뜻이여. 맨날 웃는 놈…… 알았어. 이제 한다. 안녕하십니까? 스마일! 오늘도 좋은 하루입니다. 스마일맨 최진석입니다!

힘없이 전화를 내려놓는 진석.

진석　(힘없이 혼잣말로) 스마일맨 최진석입니다. 웃는 놈…… 웃는 놈 최진석입니다.

문을 열고 수사관이 들어와 앉는다. 가져온 서류철을 펴보며 읽어 내려간다. 왠지 모를 우울에 가득 차 있는 수사관.

수사관　이름?

진석　최진석.

수사관　생년월일

진석　1974년 4월 13일.

수사관　(눈을 들어 진석의 얼굴을 바라본다) 23일 3시 D지역 인력은행에 난입, 무장 강도로 돌변 인질극 중 체포. 희생자 13명. 사망자 1명에 중상자 6명, 나머지는 경미한 찰과상. 무기는 권총. 이건 언제 구입한 거야?

진석　…….

수사관　처음부터 계획하고 벌인 일이야?…… 미리 준비했어?

사이.

수사관 최진석? 최진석 씨!…… 꿀 먹은 벙어리가 됐어? 대답해
봐! 니가 나한테 어떻게 이럴 수가 있어? 야! 야, 이 강도
새끼야! (욱하는 감정을 참지 못하고) 거기 왜 들어갔어? 왜?

진석 일자리를…… 얻으려고.

수사관 일자리 얻겠다고 총을 들고 들어가는 미친놈이 어딨어?

진석 미안하다.

수사관 미안할 짓이면 하지를 말던가?…… 범행동기?

진석 …….

수사관 대답 안하겠다는 거야?…… 좋아. 그럼 처음으로 돌아가
서…… 최진석 씨! 거긴 왜 들어간 겁니까? 뭘 팔려고 들
어간 겁니까? 아니면 애초부터 강도짓을 하려고 들어간
겁니까?

진석 아냐, 아냐, 아냐!

수사관 잘나가고 있었잖아. 이달의 판매왕, 전국 50위! 왜?……
대체 왜?… 당신 스마일맨이잖아. 스마일맨!

반사적으로 몸을 일으키는 진석, 기계적으로 외워 중얼거린다.

진석 그래. 나 스마일맨이야. 스마일맨!…… (활짝 웃는 얼굴을 하
고) 사랑합니다. 고객님. 스마일맨 최진석입니다. 오늘 제
가 고개님께 소개드릴 상품은 바로 고객님의 미래입니

다. 그리고 제가 팔고 있는 것은 제 인생입니다. 제 시간이죠. 전 고객님을 만나기 위해 태어난 순간부터 이 순간으로 긴긴 여행을 해 왔습니다. 모든 만남이란 운명인 거죠. 전 늘 그렇게 생각해 왔습니다. 인생을 살다보면 어떤 고난과 역경이 어떻게 찾아올지 아무도 모릅니다. 고난이란 느닷없이 닥쳐오는 것이지 예고를 하고 찾아오지는 않으니까요. 질병, 사고, 배우자의 죽음, 강도, 인질극의 주인공이 될 수도 있습니다. 이런 고난이 닥쳐올 때면 사람은 낙심하게 마련입니다. 하지만 생각해 보세요. 그게 뭐 그리 특별한 일인가요? 나에게만 일어나는 일인가요? 신문 사회면의 사건 사고 기사만 훑어보더라도 세상은 그야말로 아수라장입니다. 우린 이런 세상을 살아가고 있는 겁니다. 하루하루가 기적이죠. 생존이 바로 기적입니다…… 안녕하십니까? 스마일맨 최진석입니다…… 이상하지? 어느 날부터 웃음이 안 나와. 웃지 못하겠어. 이건 생각지도 못한 고난…… 난 스마일맨인데 웃을 수가 없어. (억지로 웃으려 애를 써서 일그러진 얼굴로) 안녕하십니까? 저는 스마일맨 최진석입니다. 스마일!…… 안녕하십니까? 스마일맨…… 안녕하십니까? 스마일맨 최진석입니다. 스마일!

웃으려 애를 써도 자꾸 일그러지는 진석의 얼굴.
진석을 바라보며 얼굴에 눈물이 고이는 수사관.

수사관   왜 그랬어? 왜 그랬어? 형? 왜?

수사관과 눈이 마주친 진석. 잠깐 그의 눈동자가 흔들린다.
그러나 잠시, 그를 외면하고 기계적으로 중얼거린다.

진석   안녕하십니까? 스마일맨 최진석입니다. 스마일! 안녕하
십니까?·········.

진석의 웃는 얼굴이 금세 일그러진다. 다시 웃어 보이는 진석, 다시
일그러져 보이는 얼굴.

10

한밤의 공원. 벤치 하나. 나란히 앉은 노인과 여자.

노인 별이 잘 안보여. 우리별에서는 아주 가까웠는데…… 난 저 아득한 우주 끝에서 왔다오.

여자 …….

노인 그 별에서 나는 부끄러움을 담당했다오. 모두가 잠든 밤 더러운 곳을 치우는 것이 내 일이었소. 그런데 어쩌다가 이 별에 오게 되었는지…… 원래부터 이 별에 살았는지…… 아니, 그건 아닐 테요. 온통 낯선 것들 투성이라네. 전혀 익숙해지지가 않아…… 그러니 난 저 먼 외계에서 날아온 게 맞소. 천사! 난 하늘에서 내려왔고 날개를 가졌으니까

일어나 엉거주춤 날갯짓을 한다.
힐긋 바라보고 고개를 돌리는 여자.

노인 내가 뭘 찾으려 했고…… 왜 그토록 오래전 기억을 놓지 못하는지…… 그토록 오랫동안 뭘 그렇게 찾아 헤맨 건지…… 도무지 생각이 나지를 않아. (울먹인다) 내가 뭘 찾고 있던 걸까? 뭘 위해 날갯짓을 한 거야?

여자, 웃는다.

노인   천사! 지구에서는 하늘에서 내려온 날개 달린 사람을 천사라고 한답디다.

사이.

노인   (울먹이며) 보고 싶어! 한번 만, 꼭 한번만 그 사람을 볼 수 있다면…… 좋겠어. 내가 잃어버린…… 그 사람. 그 사람 얼굴이 이제는 기억도 안 나니까…… 서러워…… 어떻게 찾아야 할지…… 모르겠어.

사이.

여자   준호야!

노인, 천천히 고개를 들어 여자를 마주 본다.

여자   준호야!

서로를 바라보는 두 사람, 아주 환하게 웃는다.

짧은 어둠,

밝아지면, 두 손을 꼭 잡고 있는 노인과 여자.

다시 짧은 어둠.

다시 밝아지면, 어둑한 벤치에 혼자 앉아 있는 노인의 뒷모습.

하늘에 별이 하나 반짝이다 스러진다.

끝.

한국 희곡 명작선 38
아인슈타인의 별

초판 1쇄 인쇄일   2021년 1월 10일
초판 1쇄 발행일   2021년 1월 20일

지은이   김민정
만든이   이정옥
만든곳   평민사
         서울시 은평구 수색로 340 〈202호〉
         전화 : 02) 375-8571
         팩스 : 02) 375-8573
         http://blog.naver.com/pyung1976
         이메일 pyung1976@naver.com
등록번호   25100-2015-000102호
ISBN   978-89-7115-736-7 03800
         978-89-7115-663-6 (set)
정 가   7,000원